QUERIDOS AMIGOS [...] ES, OS PRES[...]

LOS PREHISTORRATONES

¡AVENTURAS DE BIGOTES EN LA EDAD DE PIEDRA!

¡Bienvenidos a la Edad de Piedra... en el mundo de los prehistorratones!

Capital: Petrópolis

Habitantes: ni demasiados, ni demasiado pocos... (¡aún no existen las matemáticas!). Quedan excluidos los dinosaurios, los tigres de dientes de sable (éstos siempre son demasiados) y los osos de las cavernas (¡nadie se ha atrevido jamás a contarlos!).

Plato típico: caldo primordial.

Fiesta nacional: el día del *GRAN BZOT*, en el que se conmemora el descubrimiento del fuego. Durante esta festividad todos los roedores intercambian regalos.

Bebida nacional: Ratfir, que consiste en leche cuajada de mamut, zumo de limón, una pizca de sal y agua.

Clima: IMPREDECIBLE, con frecuentes lluvias de meteoritos.

caldo primordial

RATFIR

MONEDA

Las conchezuelas

CONCHAS DE TODO TIPO, VARIEDAD Y FORMA.

UNIDADES DE MEDIDA

La **cola** CON SUS SUBMÚLTIPLOS: MEDIA COLA, CUARTO DE COLA. ES UNA UNIDAD DE MEDICIÓN BASADA EN LA COLA DEL JEFE DEL POBLADO. EN CASO DE DISCUSIONES SE CONVOCA AL JEFE Y SE LE PIDE QUE PRESTE SU COLA PARA COMPROBAR LAS MEDIDAS.

LOS PREHISTORRATONES

GERONIMO

Trampita

Tea

Benjamín

Pandora

Metomentodo

abuela Torcuata

PETRÓPOLIS
(Isla de los Ratones)

RADIO CHISMOSA

CAVERNA DE LA MEMORIA

EL ECO DE LA PIEDRA

CASA DE TRAMPITA

TABERNA DEL DIENTE CARIADO

PEÑASCO DE LA LIBERTAD

RÍO RATONIO

CABAÑA DE UMPF UMPF

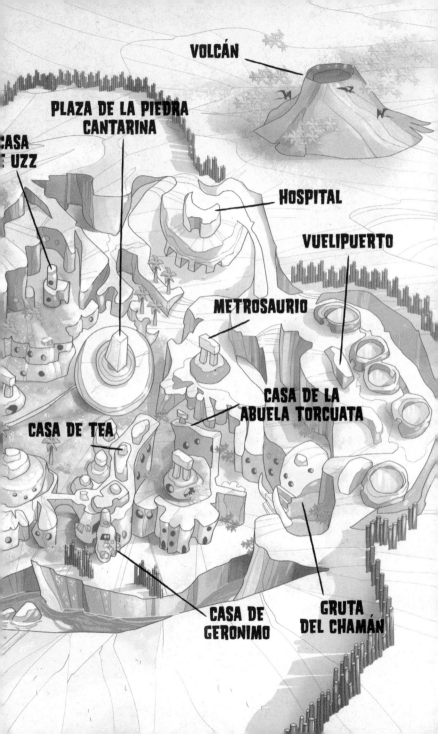

VOLCÁN

PLAZA DE LA PIEDRA
CANTARINA

CASA
E UZZ

HOSPITAL

VUELIPUERTO

METROSAURIO

CASA DE LA
ABUELA TORCUATA

CASA DE TEA

CASA DE
GERONIMO

GRUTA
DEL CHAMÁN

Geronimo Stilton

¡PULPOSAURIA GLOTONA... PELIGRA MI COLA RATONA!

DESTINO

El nombre de Geronimo Stilton y todos los personajes y detalles relacionados con él son *copyright*, marca registrada y licencia exclusiva de Atlantyca S.p.A. Todos los derechos reservados. Se protegen los derechos morales del autor.

Textos de Geronimo Stilton
Inspirado en una idea original de Elisabetta Dami
Diseño original de Flavio Ferron
Cubierta de Flavio Ferron
Ilustraciones interiores de Giuseppe Facciotto *(diseño)* y Alessandro Costa *(color)*
Diseño gráfico de Marta Lorini y Chiara Cebraro

Título original: *Polposaura affamata... coda stritolata!*
© de la traducción: Manel Martí, 2015

Destino Infantil & Juvenil
infoinfantilyjuvenil@planeta.es
www.planetadelibrosinfantilyjuvenil.com
www.planetadelibros.com
Editado por Editorial Planeta, S. A.

© 2013 – Edizioni Piemme S.p.A., Palazzo Mondadori – Via Mondadori 1, 20090 Segrate – Italia
www.geronimostilton.com
© 2015 de la edición en lengua española: Editorial Planeta, S. A.
Avda. Diagonal, 662-664, 08034 Barcelona
Derechos internacionales © Atlantyca S.p.A., Via Leopardi 8, 20123 Milán – Italia
foreignrights@atlantyca.it / www.atlantyca.com

Primera edición: febrero de 2016
ISBN: 978-84-08-15036-7
Depósito legal: B. 190-2016
Impresión y encuadernación: Grafo, S. A.
Impreso en España - Printed in Spain

El papel utilizado para la impresión de este libro es cien por cien libre de cloro y está calificado como **papel ecológico**.

Stilton es el nombre de un famoso queso inglés. Es una marca registrada de la Asociación de Fabricantes de Queso Stilton. Para más información www.stiltoncheese.com

Hace muchísimas eras geológicas, en la prehistórica Isla de los Ratones, existía un poblado llamado Petrópolis, donde vivían los prehistorratones, ¡los valerosos Roditoris Sapiens!

Todos los días se veían expuestos a mil peligros: lluvias de meteoritos, terremotos, volcanes en erupción, dinosaurios feroces y... ¡temibles tigres de dientes de sable!

Los prehistorratones lo afrontaban todo con valor y humor, ayudándose unos a otros.

Lo que vais a leer en este libro es precisamente su historia, contada por Geronimo Stiltonut, ¡un lejanísimo antepasado mío!

¡Hallé sus historias grabadas en lascas de piedra y dibujadas mediante grafitos y yo también me he decidido a contároslas! ¡Son auténticas historias de bigotes, cómicas, para troncharse de risa!

¡Palabra de Stilton,

Geronimo Stilton!

¡Atención!
¡No imitéis a los prehistorratones...
ya no estamos en la Edad de Piedra!

¡BUEN VIAJE, PIRAT-RUK!

Hacía una espléndida mañana **primave-ral**: el cielo estaba inmensamente azul, el sol brillaba con mucha fuerza y el aire era **TRANS-PARENTE** y **fresquito**.

¡Por mil huesecillos descarnados, aquél era un día histórico… bueno, *prehistórico*!

Porque ese día, el valeroso **PIRAT-RUK**, el bucanero prehistórico amigo de nosotros, los pre-historratones, estaba a punto de zarpar hacia su casa, en las Islas Piratrucias, pertenecientes al le-jano archipiélago de las Prehistorratas Piratas.

¡Todos los habitantes de **Petrópolis** se habían le-vantado temprano para correr hasta el puerto y desearle buen viaje!

Oh, disculpad, aún no me he presentado: me llamo Stiltonut, *GERONIMO STILTONUT*, y soy el director de *El Eco de la Piedra*, el periódico más famoso de la prehistoria (*ejem…* y también el único).

Así pues, como iba diciendo, las Islas Piratrucias son unas islas lejanas, lejanas, lejanas, donde viven las PREHISTORRATAS PIRATAS.

Para poder llegar hasta allí es necesario ATRAVESAR el océano en dirección al sol naciente, durante días y días y días

¡Viva!

¡¡¡de *LARGUÍSIIIIIMA*... *INTENSÍÍÍ-ÍÍSIMA*, **PELIGROSIIIIISIMA** navegación!!!

A fin de poder llevar a cabo aquel viaje a los confines de las tierras emergidas, nuestro amigo Pirat-Ruk había construido una **EMBARCACIÓN** sólida, robusta y resistente. ¡Un auténtico barco digno de un capitán pirata!

También nos había enseñado, a nosotros, los prehistorratones *de tierra*, el arte de **CONSTRUIR** barcas. ¡Ahora sólo nos faltaba... aprender a usarlas!

Pero... ¿dónde nos habíamos quedado? ¡Vale, ya me acuerdo!

Aquella mañana de **primavera**, mi primo Trampita y yo íbamos a buscar a Pirat-Ruk para acompañarlo al puerto, cuando...

—**¡VAYAVAYAVAYA!** ¿¿¿Adónde vais tan temprano???

¡¡¡POR MIL FÓSILES FOSILIZADOS!!!
PERO SI, ERA… PARECÍA…
NO PODÍA SER OTRO QUE…

… ¡¡¡mi amigo Metomentodo, el investigador más famoso de la **Edad de Piedra**!!!

—Pirat-Ruk vuelve a casa… —le dije.

—¡… Y nosotros vamos a despedirlo! —añadió Trampita.

—**¡Por mil bananillas jurásicas!**

—exclamó Metomentodo—, yo también me apuntaría, pero tengo que impartir un curso acelerado de investigación a los habitantes de **PA-LAFITONIA**.* Y ya llevo un retraso megalíticoooo…

—Pero, la verdad es que…

—**¡GRACIASGRACIASGRACIAS**, amigos! ¡¡¡Saludad de mi parte a Pirat-Ruk y deseadle buen viajeee!!!

*Nota prehistorratónica: Palafitonia es una aldea de prehistorratones pescadores, asentada a orillas de una laguna. Se encuentra a media jornada de camino de Petrópolis.

Metomentodo desapareció a la carrera y Trampita y yo llegamos a la caverna de nuestro amigo PIRATA.

—¡Gracias por haber venido! —nos dijo—. ¡Pero tenemos que apresurarnos, me espera un LARGO viaje!

Nos encaminamos hacia el puerto, donde ya se había congregado una MULTITUD de petropolinenses agitando pañuelos de piedra a modo de saludo.

¡Los **petropolinenses** se habían encariñado mucho con Pirat-Ruk, porque era un personaje realmente extraordinario!

Pensad que en poco, poquísimo tiempo había sido capaz de construir una embarcación

¡GRANDE, GRANDÍSIMA, GIGANTESCA!

Le había puesto por nombre Berenjena Tercero en homenaje al Berenjena Primero y al Berenjena Segundo, dos, *ejem*… barquitas experimentales que se habían IDO A PIQUE en cuanto habían tocado el agua. Pero el Berenjena Tercero era distinto. ¡Muuucho más robusto!

—*¡Buen viaje, Pirat-Ruk!* —gritó mi sobrinito Benjamín—. ¡Saludos a las Islas Piratrucias!

—*¡Vuelve a vernos pronto!* —le dijo Tea.

—**¡Y tráenos algún plato típico!** —añadió mi primo Trampita.

Pirat-Ruk ya estaba a punto de subir a bordo, cuando, de repente…

¡BUAAAAAAA!

Con una 🐾P🐾A🐾T🐾A🐾 en el barco y la otra en la pasarela, nuestro amigo se quedó inmóvil como un bloque de granito. Nos miró fijamente un buen rato y… ¡se echó a LLORAR como una fuente paleozoica!

POR MIL FÓSILES FOSILIZADOS,

aquello no eran lágrimas, ¡eran CASCADAS!

—¡BUAAAAAA!

¡No quiero dejaros, amigos! ¡SNIF!

Nos quedamos sin habla: PIRAT-RUK no quería marcharse porque… ¡porque sentía nostalgia de nosotros!

—Pero ¡en las Islas Piratrucias te esperan tus amigos! —lo animó Benjamín.

—¡¡¡Y tu abuelo, Barba-Ruk!!! —añadió Tea.

—¡Y un banquete de bienvenida! —dijo Trampita.

—¡Podrás REGRESAR a Petrópolis cuando quieras! —comenté yo—. Pero ahora que has construido este barco GIGANTESCO, ¡no puedes dejarlo aquí!

Pirat-Ruk sorbió por la nariz y dijo:

—Es verdad, el Berenjena Tercero… SNIF, SNIF, SNIF…

Pero de pronto se le iluminó el semblante:

—¡Pues claro! ¡No puede quedarse pegado al muelle como un mejillón prehistórico! ¡¡¡Vosotros también zarparéis, amigos!!! Quiero decir que… ¡¡¡VENDRÉIS CONMIGO!!!

Yo alcé la **PATA** al instante y tomé la palabra:

—Ejem… en realidad… yo… no pued…

—¡Bravo, Stiltonut! —exclamó el jefe del poblado, **Zampavestruz Uzz**—. Puesto que has sido el primero en levantar la mano, ¡*te nombro* voluntario para acompañar a Pirat-Ruk hasta las Islas Piratrucias, en el archipiélago de las **PREHISTORRATAS PIRATAS**!

Todos aplaudieron.

—¡Nieto! ***¡¡¡QUÉ VALIENTE!!!*** ¡¡¡Has salido a tu abuela, ea!!! —dijo la abuela Torcuata.

—¡Ya lo creo! —añadió entonces el chamán Fanfarrio Magodebarrio—. ¡Quién iba a decirlo!

—¡¡¡Bravo, Stiltonut!!! —me vitoreó **Umpf Umpf**, el inventor más célebre de Petrópolis.

¡¿Eh?! ¿¡¿Qué estaban diciendo?!? Un momento. ¡¡¡Debía tratarse de un error!!!

—*Ejem*… ¿Voluntario?... Yo…

—*¡ERES GRANDE, TIÍTO!* —exclamó Benjamín—. ¿Puedo ir contigo?

—*¡YO TAMBIÉN ME APUNTO!* —se sumó Tea—. ¡Por fin aprenderé a navegar!

La abuela estaba entusiasmada:

—¡Ea, nieto! ¡Un poco de vida marinera es lo que necesitas! Puede que así pierdas esa barriguita de perezosaurio…

—¡¿ES-ESTÁIS DE BROMA?! —protesté—. ¡¡¡En el océano existen peligros terribles!!!

¡ACABAREMOS EXTINGUIDOS ANTES DE TIEMPO!

Esta vez lo tenía más que claro. ¡Nada me haría **CAMBIAR** de opinión! Nada de nad…

—¡Qué generoso eres, Geronimitooo! ¡Estás dispuesto a todo, con tal de ayudar a un amigo!

POR MIL TIBIAS DE TRICERRATÓN, pero si era… parecía, no podía ser otra que…

—¿V-Vandelia? —balbuceé.

Me volví y allí estaba *ella*, la roedora de mis **SUEÑOS**, la que hacía que mi **CORAZÓN** latiera como un tambor hasta cuando pasaba a cien colas de distancia de mí.

—¡CUÁNTO VALOR! —añadió Vandelia—. Te enfrentarás a enormes tormentas, huracanes, cataclismos, por no hablar de los hambrientos abismosaurios…

—¿T-TORMENTAS? ¿¿HU-HU-RACANES?? ¿¿¿C-CATACLIS-MOS??? —farfullé yo—. Y, sobre todo… ¿¿¿ha-hambrientos abismosaurios???

—¡¡¡Ea!!! ¿¿¿Mi nieto es o no es el periodista más heroico de las tierras emergidas??? —exclamó, lanzadísima, la abuela Torcuata—. ¿¡¿EH, NIETOOO?!?

—¡¡¡P-por supuesto!!! —dije con un hilo de voz. Por mil pedruscos despedregados, ahora ya no podía echarme atrás… ¡Yo también tendría que zarpar con Pirat-Ruk!

¡UNA CENA DE PESADILLA!

PARTIRÍAMOS al alba del día siguiente. Así lo determinó, expeditiva, mi abuela Torcuata.

—Pero ¿no podríamos zarpar al menos a mediodía? —preguntó Trampita, entre bostezos—. ¡UUUUUA!

—¿O a las dos, a las tres, a las cuatro? O sea, tranquilamente… —traté de sugerir yo.

Pero la abuela, más dura que un FÓSIL, más inamovible que una pared de granito, más resuelta que un MAMUT a la carga, no quiso atender a razones:

—¡Si he dicho al alba, será al alba! ¡¡¡Y ahora, CORRED a prepararos, nietos holgazanes!!! ¿¿¿DE ACUERDO???

24

¡UF! ¡UF!

—¿Cómo que *corred*?
¡¿Es que tú no vienes?!
—pregunté con un hilo
de voz.
—¡Pues no, queridos
nietos míos! —respondió
la abuela—. ¡Esta VEZ
quiero ver si sois capaces
de apañároslas vosotros solos!

POR MIL PEDRUSCOS DESPEDREGADOS,

no me quedaba otra que meterme en mi cueva
y preparar el EQUIPAJE.
Como no sabía qué tiempo iba a hacer en las Islas Piratrucias, metí un poco de todo en el saco:
pesadas pellizas INVERNALES, frescas
zamarras de verano, mi almohada preferida, el

traje de vestir, CALZONES de recambio y la bolsa de agua caliente pues, ya se sabe, en el OCÉANO puede entrarte dolor de barriga en cualquier momento.

¡POR MIL HUESECILLOS DESCARNADOS!

¡Al final, el saco estaba lleno a rebosar! ¡¡¡Para lograr cerrarlo, sudé las siete ZAMA-RRAS!!!

Después del esfuerzo, me entró un hambre superratónica. Por suerte, había quedado con mis **amigos** en la Taberna del Diente Cariado, donde Trampita había preparado una cena en honor de PI-RAT-RUK.

¡BUUUPP!

Y menos mal, ¡porque nuestro amigo tenía más hambre que un **MEGALOSAURIO** en ayunas! En pocos minutos devoró, por este orden: un caldero de alubias paleolíticas, un megamuslo en salmuera, tres porciones de TORTILLA JURÁSICA y una piña grande como un brontosaurio.

La verdad es que Trampita, Benjamín y yo también comimos de lo LINDO, tanto que al final nos dejamos caer exhaustos sobre la mesa.

¡BURP!

—¡Qué manera de comer! —nos regañó Tea—. ¡Si después os duele la barriga, ni se os ocurra quejaros, ¿entendido?!

Tea tenía mucha razón, pero… no solía suceder que Trampita nos OFRECIESE tal cantidad de manjares *gratis*, ¡¡¡en realidad, no sucedía casi nunca!!!

Mientras todos regresaban a sus cavernas, yo me quedé en la **TABERNA** para poner un poco

de orden. Estaba recogiendo pilas y pilas de escudillas y platos pringosos, cuando…

—¡CHISSSSST, GER! —murmuró Trampi-
ta—. ¡Dos tipos con mala pinta se están zam-
pando las sobras en la cocina!

—¡¿Eh?! ¿¿¿Estás seguro, primo???

Trampita me cogió de la **PATA** y, sin
hacer ruido, me condujo a la cocina.

¡Por mil huesecillos descarnados, allí dentro
estaba oscuro, tan oscuro que no se veía **UN
COCO**!

Pero cuando mi primo prendió una antorcha,
en la penumbra se recortaron dos siluetas **OS-
CURAS, OSCURAS**, grandes,
grandes y, lo que era peor, ¡¡¡peludas y muy colmilludas!!!

—¡SOCORROOO! —chillé.

—¡¿QUÉ ESTÁIS HACIENDO AHÍ?! —gritó
Trampita, con voz amenazante.

Pero las dos SOMBRAS, rápidas como flechas, salieron por patas. Entonces mi primo trató de seguirlos, pero tropezó con los cuencos y…

¡¡¡CATACRAAAAAACCCC!!!

¡Apenas nos dio tiempo de VER por la ventana que las dos sombras peludas y colmilludas se zambullían en las aguas del puerto!

Aunque era tarde, decidimos IR A CASA de Tea.

¡MIRA!

¡GLUPS!

¡PAF!

¡PAF!

—Pero ¿se puede saber qué estáis haciendo aquí?
—preguntó ella, al vernos.

—¡¡¡Ha-había d-dos *cosas* ROBANDO comida en la taberna!!!

—¡¿Dos *cosas*?! —preguntó Tea, PERPLEJA.

—Sí, dos… ¡¡¡dos tigres de dientes de sable!!!

—¡¿¡Tigres de dientes de sable!?!
—exclamó mi hermana—. ¡¿Estás seguro, Ger?!

—Bueno… yo… nosotros… los TIGRES… estaba oscuro… la taberna… —dije.

—Yo os diré lo que ha pasado: ¡habéis tenido una PESADILLA! ¡Volved a la cama, ya!

Aunque Trampita no las tenía todas consigo, al final decidió regresar a casa. Y yo hice lo mismo, pero no dejé de soñar con felinos colmilludos, ¡¡¡dispuestos a transformarnos en bocaditos de prehistorratón!!!

Al amanecer, un ruido intensísimo me arrancó del lecho.

¡GOOONG!

—¿¡¿Qué sucede?!? ¿El volcán pestífero en **ERUPCIÓN**? ¿¿Un **TERREMOTO**?? ¿¿¿Una **TORMENTA DE METEORITOS**???—grité, asustado.

—¿Qué meteoritos? ¿¿Qué volcán?? ¿¿¿Qué terremoto??? **¡FUERA DE LOS CATRES, HOLGAZANES!**

Suspiré. De calamidades naturales, nada de nada: ¡sólo era la abuela Torcuata, que había venido a despertarnos!

La abuela siguió haciendo sonar su gong de **GRANITO** una y otra vez, hasta que todos estuvimos en pie.

—¡Patas a la espalda, nietos **dormilones**! ¡Sacad pecho, esconded barriga, abrid los ojos y levantad los bigotes! ¡Transmitid los saludos de **Petrópolis** a las Prehistorratas Piratas y portaos bien! Nada de ESCUPITAJOS ni meterse el dedo en la nariz… ¡No nos hagáis quedar mal, ea!

Benjamín reprimió una RISITA, mientras Trampita suspiraba con resignación.

Después **TRASLADAMOS** nuestros equipajes a bordo del Berenjena Tercero.

Yo creía que llevaba el **saco** más pesado de la prehistoria, pero mi hermana Tea me superó. ¡Entre el ᵉQUᵢᵖᵒ para el mar, la montaña, la nieve y el volcán, iba preparada para dar la vuelta al mundo!

—Pero ¡¿qué… **¡UF!**... llevas dentro de este baúl… **UF**?! —resopló Pirat-Ruk, mientras

¡VAMOS!

UF...

trataba de ayudar a mi hermana a cargar el equipaje en el barco.

—¡Bah, sólo **DOS** o **TRES** cosillas que podrían resultarme de utilidad en caso de maremoto, tifón, fiebre, nieve, avalanchas, desprendimientos y otras cosas por el estilo!

Trampita sólo llevó consigo provisiones de gruyere jurásico y queso ahumado, mientras que Benjamín iba con una mochila normal (¡al menos él!) con lo ESTRICTAMENTE necesario.

En cuanto subimos a bordo, los habitantes de Petrópolis empezaron con las despedidas.

—¡QUE TENGÁIS BUEN VIAJE!

—¡CUIDADO CON LOS MUERDOSAURIOS!

—¿YA OS HABÉIS ACORDADO DE HACER TESTAMENTO?

—¡Si no regresáis, yo me quedo con la caverna de Geronimo! —exclamó la abuela Torcuata.

—¡Y yo con la reserva de manchego de Trampita! —dijo el chamán FANFARRIO MAGODEBARRIO.

¡Por mil huesecillos descarnados, ¿ésos eran los GRITOS de ánimo que nos dedicaban?!

Por suerte, Pirat-Ruk lo tenía todo controlado y nos dio la primera CLASE de navegación.

—El ancla sirve para mantener el barco sujeto al fondo del mar —explicó, mientras nos pasaba el extremo de una recia CUERDA—. Cuando diga tres, tirad del cabo con fuerza. Uno… dos… ¡¡¡TREEES!!!

Con un fuerte tirón logramos izar el ancla, que consistía en un **grueso** gancho de granito macizo. Pero ¡el ancla no sólo se soltó del fondo, sino que salió disparada fuera del agua, giró en el aire y fue a aterrizar derechita, derechita en mi cocorota!

¡GOOONG!

—¡Ja, ja, ja! ¡Primo, tu cabezota suena igual que el **GONG** de la abuela Torcuata! —dijo, Trampita.

—Qué ocurrente… —masculló, frotándome un gigantesco **CHICHÓN**.

¡Por el trueno del Gran Bzot, aún no habíamos zarpado y yo ya tenía clarísimo que acabaríamos metidos en problemas, *MEJOR* dicho… ¡¡¡en un mar de problemas!!!

¡¡¡Aaaayyyy!!!

¡GOOONG!

PARECE DIFÍCIL... PERO ¡NO LO ES!

Pirat-Ruk era un marinero muy experto y nos **EXPLICÓ** un montón de cosas... de las que nosotros, que éramos **prehistorratones** de tierra, ¡no entendimos ni una corteza!

MMM...

¡A VUESTROS PUESTOS!

En cuanto el Berenjena Tercero
llegó a MAR ABIERTO,
nos dijo:

—Una embarcación grande necesita
mucho viento para **MOVERSE**.
¡Y ha de tener muchas velas!

Luego, nuestro amigo **pirata** trepó por
una escalerilla de lianas y dijo:

—¡Ahora aprenderemos a izar las velas!
¡**OBSERVADME** y haced lo que yo haga!

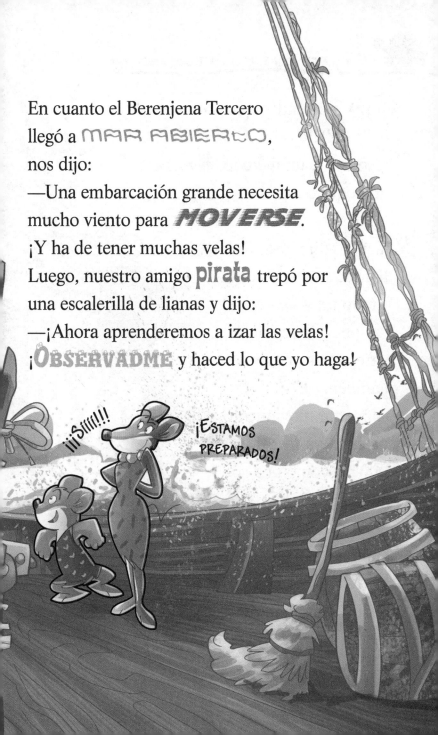

—¡¿Y yo tendré que subirme *ahí arriba*?! BRRR —me ESTREMECÍ—. ¿No existe un método, *ejem…* un poquito más FÁCIL?

OOPS...

—¡*Éste* es el método más fácil! —dijo Pirat-Ruk—. ¡Haced lo que yo os diga y todo irá bien! Así pues, lo seguimos y trepamos nosotros también.

Al menor movimiento, ¡la escalera se BALAN-CEABA como una ge-latina jurásica!

BRRR...

—¡Por mil muslazos ahumados! ¡¡¡Aquí SE MENEA todo!!! —dijo Trampita.

—¡Querido, me temo que has comido **DE-MASIADO** queso con alubias! —le reprochó Tea.

—¡Eh, yo no tengo la culpa de que la **prehistoria** requiera tomar alimentos energéticos!

—¡Al menos no corras tanto! —le imploré a mi primo, agarrado a la cuerda como un **MOLUSCO** en su roca—. ¡¡¡Así me harás caer!!!

Benjamín y Tea, en cambio, eran agilísimos: no sólo habían desplegado las velas, sino que, deslizándose por las **CUERDAS**, habían bajado ya hasta el puente, ligeros como mariposas paleolíticas. Trampita, que estaba justo encima de mí, parecía cada vez más perplejo...

—**¡DESHAZ LOS NUDOS!** —gritó Pirat-Ruk—. ¡Tira hacia la derecha, tira a la izquierda, tira arriba y abajo!

—Derecha... izquierda... —gimió Trampita—. Arriba y... ¡abajooooo!

¡¡¡Y, finalmente, acabó colgado del **más- til** como un jamón curado!!!

Yo no estaba en mejor situación, por tanto Benjamín trató de ayudarme:

—¡**DESPLÁZATE** un poco, tío Ger! ¡Gritó! ¡¡¡Hay una cuerda!!! ¡Cógela, ánimo!

Hice lo que me decía mi sobrinito y…

¡FIUUUUUU!

La vela se desenrolló veloz, velocísima, tan de prisa que me hizo perder el equilibrio.

Me agarré a la cuerda con todas mis fuerzas y me deslicé hasta el puente. Estaba a punto de volver a recuperar el resuello, cuando…

—¡¡¡**FUEGO**!!! —gritó Benjamín.

—¡¿Eh?! Pero… ¿quién? ¿Qué dices? ¿¿Cómo?? ¡Un momento! ¡**ARRRG**! Era yo... bueno, quiero decir, ¡¡¡eran mis patas las que estaban **ARDIENDOOOOOO**!!!

—¡Calma, amigos! —dijo Pirat-Ruk—. Geronimo ha frotado su **PELAJE** contra la cuerda con tanta fuerza que… ¡éste ha **PRENDIDO**!

—¡Ya me encargo yo! —gritó Trampita, echándome encima un cubo de agua.

¡CHOFFFFFF!

Por mil fósiles fosilizados, el viaje había empezado MAL y estaba prosiguiendo… *¡¡¡aún peor!!!*

¡SI CANTAS, SE TE PASARÁ!

Dejando a un lado estos *pequeños* incidentes, el Berenjena Tercero desplegó las velas y se hizo a la mar sin mayores contratiempos. Destino: ¡las **Islas Piratrucias**!

Durante varios días, la travesía fue como una seda: olas bajas, VIENTO constante y un clima apacible nos permitieron navegar sin dificultades.

Benjamín y Tea estaban entusiasmados: habían aprendido a **maniobrar** el timón y eran rapidísimos izando y arriando las velas.

En mi caso, la cosa no iba tan bien. ¡Las olas me provocaban MAREO, el viento constante me provocaba MAREO y, finalmente, el clima apacible también me provocaba MAREO!

Pero Trampita también estaba extrañamente silencioso y, sobre todo… ¡¡¡no tenía apetito!!!

—¿Te encuentras mal, tío Trampita? —le preguntó Benjamín.

Mi primo nos miró con expresión de TRISTEZA y dijo:

—Mmm... me parece que tengo una indigestión, ¡BURP!

—¡No me extraña en absoluto! —le replicó mi sobrinito—. La despensa está casi VACÍA… ¡Con todos esos tentempiés que debes haberte zampado, por fuerza te has de encontrar mal!

—¡Muy bien dicho, Benjamín! —corroboró PI-RAT-RUK.

—Un momento… ¡yo no he sido! —se defendió Trampita—. ¡Yo no he VACIADO la despensa! ¡¡¡Al menos, no del todo!!! Sólo ME LLE-VÉ un par de jamones ahumados hace dos días… y, bueno… puede que también cuatro o cinco quesos de oveja jurásica.

—¡¿Ah, sí?! —inquirió Tea—. Entonces, ¿¿las otras provisiones han DESAPARECIDO solas?? ¿¿¿Tal vez se han ido al mar a darse un chapuzón???

—Os aseguro que yo no he sido… ¡llevo dos días sin COMER! —insistió Trampita.

—Tranquilo —terció Pirat-Ruk—, ¡conozco un método INFALIBLE para curar la indigestión!

A Trampita se le iluminó el semblante.

—Cuando he comido DEMASIADO —explicó nuestro amigo—, para ayudar a la digestión

LAVO, SACO EL POL-VO, ABRILLANTO... ¡en resumen, pulo el barco de arriba abajo!

Las esperanzas de Trampita se desvanecieron al instante.

—¿¡¿TRABAJAR?!?

¡Sólo de pensarlo, mi indigestión empeora! —exclamó, cubriéndose el hocico con una 🐾PATA🐾.

1 — LAVO...

2 — SACO EL POLVO...

3 — ¡¡¡Y ABRILLANTO!!!

—Entonces… qué sé yo… —dijo Tea— ¡haz cualquier otra cosa! ¡Camina… toca un instrumento… canta!

—**¡BUENA IDEA!** —asintió Pirat-Ruk—. ¡¡¡Cómo no se me ha ocurrido antes!!!

En un santiamén, nuestro amigo se dirigió hacia la parte inferior del barco y reapareció con un extraño instrumento.

—¡En las Islas Piratrucias este instrumento se llama **MANDOLINA**! —explicó—. Se toca pellizcando las cuerdas, así…

Y le mostró a Trampita cómo se hacía.

Al **PELLIZCAR** las cuerdas, éstas producían un sonido ligero y delicado…

—Gracias, amigo —dijo Trampita, cogiendo la mandolina de las patas de **PIRAT-RUK**.

—Me siento inspirado para cantar algo… Se aclaró la voz y…

¡POR MIL PEDRUSCOS DESPEDREGADOS!

Más que un canto melodioso… ¡aquello parecía el lamento de un MANATISAURIO con dolor de garganta!

¡ATAQUE SUBMARINO!

Entre las canciones de Trampita y el mareo, aquel **VIAJE** me había dejado hecho polvo. ¡Sin embargo, lo peor aún estaba por llegar!

A la mañana siguiente, el mar empezó a agitarse, las olas se encresparon y…

—¡¡¡*Monstruo marino a babor!!!**

—gritó Benjamín, que estaba de vigía en lo alto del mástil.

Entonces Trampita dejó de **TOCAR**, Pirat-Ruk bloqueó rápidamente el timón, Tea interrumpió sus ejercicios gimnásticos y todos **MIRAMOS** al horizonte. Aunque no se veía nada de nada de nada.

—¿Estás seguro, Benjamín? —grité.

*En la jerga de los marinos, «babor» significa: en el lado izquierdo de la nave.

50

—¡Aquí abajo, aquí abajo!

—dijo él, señalando el mar.

Al cabo de un instante, la embarcación comenzó a **BALANCEARSE** peligrosamente.

No habíamos tenido tiempo de comprender qué estaba sucediendo cuando…

¡MIRAD!

¡FIUUUUUUUU!

Uno de los costados del Berenjena Tercero se elevó. No cabía la menor duda: ¡había **ALGO** debajo de nosotros!

Nos asomamos por la borda para ver de qué se trataba y…

¡Por mil fósiles fosilizados! Bajo el barco había una **enorme** serpiente marina, de cuerpo alargado, fauces llenas, llenas, llenas de AGUZADOS DIENTES y unos ojazos terriblemente amenazantes.

—¡¡¡Socorrooo!!! —balbuceó Trampita con los bigotes ZUMBÁNDOLE del canguelo.

Tea corrió hasta el camarote, cogió el ojolargo* y lo enfocó directamente hacia el **MONSTRUO** marino.

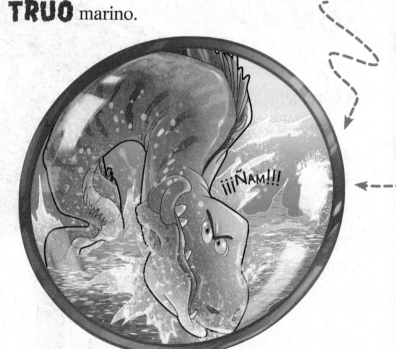

¡¡¡Ñam!!!

*El ojolargo es el catalejo prehistórico, diseñado por Umpf Umpf, el inventor de Petrópolis.

—¡¡¡Viene directo hacia nosotros!!! —gritó, asustadísima.

Le pasó el **OJOLARGO** a Pirat-Ruk y...

—**¡AAAAH!** —gritó nuestro amigo—. ¡Sálvese quien pueda, es un polillasaurio!

—¿¡¿Un polilla *qué*?!? —preguntamos todos al unísono (ninguno de nosotros era experto en **MONSTRUOS MARINOS**).

—¡¡¡Venga, rápido, rápidoo, rápidooo!!! —nos apremió Pirat-Ruk—. ¡A los polillasaurios les pirra la **MADERA** y las telas... debemos mantenerlo alejado, o hará desaparecer nuestra nave de un solo bocado!

Luego **PIRAT-RUK** giró el timón con todas sus fuerzas, mientras Tea ayudaba a Benjamín a desplegar las velas en el mástil.

El **VIENTO** nos impulsó hacia adelante (por suerte) y, gracias a él, logramos alejarnos del monstruo.

—¡Adiós, SERPIENTAZA! —gritó Trampita—. ¡No te vendrá mal un poco de ayuno!

Pero el viento se detuvo DE REPENTE. La distancia que nos separaba del polillasaurio se redujo y... ¡¡¡por mil huesecillos descarnados, volvíamos a tener CERQUÍSIMA aquel pedazo de serpiente!!!

El monstruo marino se abalanzó sobre el Berenjena Tercero. Abrió las fauces y **¡ÑAMMM!** ¡Arrancó un buen pedazo de proa!

—**¡AAAAH!** —grité yo.

—¡¡¡Sálvese quien pueda!!! —exclamó Trampita.

—Ahora se zampará la embarcación —dijo Tea, **PREOCUPADA**.

Y tenía razón: ¡el polillasaurio estaba mordiendo un pedazo de barandilla!

A continuación, le asestó un bocado a una de las **VELAS** pequeñas y después pasó a una vela más grande.

¡Por mil pedruscos despedregados, estábamos acabados, machacados, **EXTINGUIDOS**!

Pero justo cuando estábamos a punto de perder toda esperanza, Pirat-Ruk tuvo una idea.

—**¡DEJADME A MÍ!** —gritó, corriendo rápidamente hasta donde estaba el baúl de viaje de Tea.

—Pero ¿qué pretendes hacer? —preguntó ella, alarmada.

—Si le damos de comer toda tu ROPA (¡UFFF!), el monstruo dejará tranquilo el barco (¡ARF!) —explicó Pirat-Ruk, arrastrando hacia el puente el *(pesadísimo)* BAÚL de Tea.

Entonces nuestro amigo pirata comenzó a arrojar al mar la ropa de mi hermana.

—¡El equipo para la nieve! ¡¡El poncho para la lluvia!! ¡¡¡Los esquís de descenso prehistórico!!! —gemía ella—. ¡¡¡Nooo!!!

Sin embargo, la idea de Pirat-Ruk estaba funcionando, por lo que Tea no sólo se resignó, sino que bajó corriendo a la bodega para COGER más cosas.

—¡Toma, coge esto también! —dijo, arrojándole al monstruo otra bolsa de viaje.

Un momento... PERO... PERO... PERO... ¡¡¡si *aquélla* era *mi* bolsa de viaje!!!

—¡Noooo! —grité—. ¡Mis calcetines gruesos... la bolsa de agua caliente... el traje de las grandes ocasiones!

Sin embargo, el famélico **POLILLASAURIO** había dejado de mordisquear el Berenjena Tercero y estaba merendándose todo nuestro equipaje.

¡ÑAM, ÑAM, ÑAM!

¡Por mil huesecillos descarnados, estábamos a salvo... pero sin equipaje ni ROPA de recambio!

¡PULPOSAURIA EN ACCIÓN!

El Berenjena Tercero reemprendió el viaje.

Tenía un par de **VELAS** menos, la proa y la barandilla estaban mordisqueadas, pero en general seguía de una pieza.

Cuando SE PUSO EL SOL, nos tomamos un merecido descanso. ¡Por mil tibias de tricerratón, estábamos hechos polvo! Entonces Tea y Trampita se acomodaron en sus camarotes, **PIRAT-RUK** permaneció junto al timón (por seguridad) y Benjamín y yo nos acurrucamos sobre un rollo de cuerda.

—Ya está todo en orden… **UUUUAAA** —murmuré bostezando—. No tardaremos en llegar a las Islas Piratrucias… ¡¡¡ZZZ!!!

Pero apenas acababa de dormirme, cuando algo me hizo COSQUILLAS en la espalda.

—Vamos, Benjamín —farfullé soñoliento—… ¡sabes que no soporto las cosquillas!

Benjamín me respondió entre bostezos:

—Pero ¡tío Ger, OOOUAAA, si yo no te he tocado!

Un momento. ¡¿No había sido Benjamín?!

Pues entonces, ¿quién…? ¡AAAAAAAH!

¡¡¡Lo que tenía encima no era la 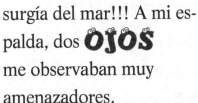 PATA de Benjamín, sino un enorme tentáculo color violeta que surgía del mar!!! A mi espalda, dos OJOS me observaban muy amenazadores.

JE, JE, JE…

—¡PULPOSAURIA EN ACCIÓN!

—gritó Pirat-Ruk, abalanzándose rápidamente sobre el timón—. ¡¡¡Peligro de extinción!!!

¿¡¿*Pulposauria*…?!? PERO QUÉ...

El inmenso tentáculo empezó a estrecharme con más fuerza.

POR MIL FÓSILES FOSILIZADOS, TENÍA TODA LA PINTA DE QUERER TRITURARME...

—¡Suéltate, Geronimo! —me dijo Tea, que acababa de llegar al puente en aquel instante.

¡¡¡COMO SI FUERA TAN FÁCIL!!!

La pulposauria no tenía la menor intención de soltarme, sino que había empezado a **FO- dear** el resto del barco con sus enormes tentáculos.

El Berenjena Tercero perdió *VELOCIDAD* y yo… yo ya no sabía qué hacer.

—¡Necesitamos una idea!

—gritó Tea.

—¡Hay que actuar de inmediato! —añadió Pirat-Ruk—. ¡¡¡Pulposauria es uno de los monstruos marinos más **PELIGROSOS** de la prehistoria!!!

—A ver, a ver… —dijo Tea—. ¡YA LO TENGO!

PULPOSAURIA

Nombre: pulposauria

Familia: pulposaurios jurásicos

Características: es irascible, solitaria y más bien viscosilla

Alimentación: suele comer plancton y algas, pero su plato preferido son las albóndigas de roedores prehistóricos

Dónde vive: un poco por aquí, un poco por allá… Si os topáis con ella, huid lo más de prisa que podáis y, si ya no estáis a tiempo, procurad no enfurecerla…

A continuación, mi hermana Tea cogió un martillo muy grande y empezó a derribar todos nuestros camarotes.

¡TUMB! ¡CRAC!
¡TUTUTUMB!
¡¡¡CRACRACRAAC!!!

—¡Ayúdame, Trampita! Tenemos que encender un fuego…

Trampita y Tea **APILARON** unos maderos en el puente del Berenjena Tercero. Después, mi hermana cogió dos **PEDERNALES** para encender fuego y los frotó con fuerza hasta que las primeras chispas prendieron en la **MADERA**.

La nube de humo que desprendió el fuego llegó hasta la amenazante **PULPOSAURIA**, que empezó a toser y lagrimear.

–¡COFF! ¡¡COFF!! ¡¡¡COFFCOFFCOFF!!!

—tosió el monstruo marino.

Y entonces empezó a **AFLOJAR** la presa, despacio… hasta que.. *ejem*… sólo yo seguí prisionero de su inmenso **tentáculo** color rosa. ¡Por mil huesecillos descarnados, ¿por qué, por qué, por qué siempre me tenía que pasar todo a mí?!

—Esto, *ejem*… PODRÍAS SOLTARME… —le imploré. Pero en ese preciso instante, el gran tentáculo pasó por encima del fuego que ardía en el puente y me *CHAMUSQUÉ* el trasero—. ¡Ayyyy, qué dolor tan paleolítico!

El enorme tentáculo, que también se había quemado, se abrió justo encima de las llamas…

—¡NOOO! ¡¡¡NO ME DEJES CAER!!!

—grité, preparándome para una extinción prematura—. ¡¡¡TODAVÍA NO!!!

¡¡¡Estaba claro que sólo a mí me podía pasar: acabar ahumado y achicharrado en medio del MAR!!!

Pero justo en el último instante alguien tiró de mi cola y... ¡¡¡AYYyyYYYyyyYY!!!

Aterricé en el puente de la embarcación.

¡POR MIL FÓSILES FOSILIZADOS, ERA PIRAT-RUK Y ACABABA DE SALVARME!

Cuando *(por fin)* Pulposauria se hubo alejado, Tea apagó el fuego y la nave reemprendió su viaje rumbo a las Islas Piratrucias.

¡¡¡Fiuuu... esta vez también nos habíamos salvado por un pelo de bigote!!!

¡¡¡TIERRAAA!!!

Ya era **NOCHE** cerrada cuando nos adormecimos en el puente, exhaustos. Nuestros camarotes se habían convertido en humo, pero, por suerte, el cielo estaba sereno y las *estrellas* iluminaban la noche como antorchas.

Inspirado por la atmósfera *mágica* de aquella noche en el mar, Trampita tuvo la idea de deleitarnos (¡GLUPS!) con una de sus, *ejem…* composiciones de **MANDOLINA**.

—¡He vencido a dos monstruos con astucia y valentía, creo que un bocadillo de queso me merecería!

—¡Bastaaa! —estallé—. Trampita, ¿¿¿cómo es posible que solamente pienses en la comida a todas horas???

Dicho esto (para no tener que escuchar más aquel **suplicio**), me tapé las orejas con dos dados de gruyere. Me quedé dormido como un bloque de **GRANITO**. A la mañana siguiente, me saqué los dados de las orejas y oí a Benjamín que gritaba:

—*¡¡¡Tierra!!! ¡¡¡TIERRAAA!!!*

—¿Estás seguro? —le preguntó Trampita, algo escéptico.

Pirat-Ruk aguzó la vista y afirmó:

—¡Sí, síí, sííí… aquello son las Islas Piratrucias! ¡¡Hemos llegado, amigos!! ¡¡¡Estoy en casa!!!

Nos pusimos en la proa para ver mejor.

Qué raro… Bajo las AGUAS cristalinas del archipiélago de las Prehistorratas Piratas se movía una sombra grande, oscura y amenazadora.

—¡Oh, no! ¡Otro monstruo! —resopló Tea, corriendo en busca del garrote—. ¿¡¿No será otra vez la pulposauria, verdad?!? —exclamé.

—¡QUÉ VA, QUÉ VA, QUÉ VA! ¡¡¡Tranquilos, amigos!!! —dijo Pirat-Ruk—. Eso no es un monstruo… mejor dicho… *¡lo es, pero no lo es!*

—¿Estás seguro que te encuentras bien, PI-RAT-Ruk? —preguntó Trampita—. Pareces algo confuso…

—¡Estoy *estupendamente*! —le replicó el pirata—. No tenéis por qué preocuparos: **BABOSÍN** es el fantástico guardián de la Islas Piratrucias.

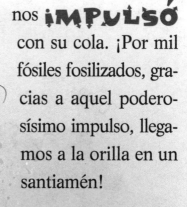

¡¿Qué?! ¿¡¿Babosín?!?

Justo en ese instante una cabezota emergió de entre las olas, haciendo TAMBALEAR el Berenjena Tercero de arriba abajo.

Era una especie de manatisaurio jurásico, con un simpático hocico y aspecto juguetón.

—¡OINC! ¡OINC! ¡OINC! —exclamó, batiendo las aletas.

Pirat-Ruk dijo SONRIENTE:

—¡Babosín está muy contento de conoceros!

Tras lo cual, el animalito se situó en un costado de la embarcación y nos IMPULSÓ con su cola. ¡Por mil fósiles fosilizados, gracias a aquel poderosísimo impulso, llegamos a la orilla en un santiamén!

Un **grupito** de Prehistorratas Piratas nos esperaba en la **PLAYA**.

Uno de ellos tenía un parche en el ojo, otro iba tocado con un turbante, y los demás lucían **pañuelos** de colores en la cabeza. Todos llevaban barba: larga, corta, rizada o lisa. Además, todos exhibían un **SABLE** prehistórico colgado de la cintura. ¡Por mil pedruscos despedregados, eran auténticos piratas en **PELAJE** y **BIGOTES**!

—¡Por los cuerpos de mil abismosaurios, mirad a quién tenemos aquí! —dijo el primer prehistorratón pirata.

OOOH...

¡YA ESTOY AQUÍ, AMIGOS!

—¡**PIRAT-RUK**! ¿¡¿Dónde te habías metido?!? —añadió el segundo.

—¿Y ésos quiénes son? —preguntó un tercer pirata, señalándonos—. ¡¡¡Por mil tentáculos jurásicos, qué PÁLIDOS son... parecen prehistorratones de tierra!!!

Un prehistorratón más corpulento se abrió paso entre el grupo y vino a nuestro ENCUENTRO.

—¡Os presento a mi abuelo Barba-Ruk, nuestro JEFE! —dijo Pirat-Ruk.

El jefe de los piratas se acercó y me estrechó la PATA. ¡Por mil huesecillos descarnados, qué fuerza tan superratónica!

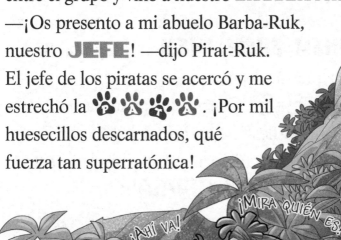

Sin quererlo, por poco… *ejem*… ¡me había **TRITURADO** la pata!

—¡Los amigos de Pirat-Ruk son nuestros amigos! —bramó, con voz atronadora.

Me llevé tal **SUSTO**, que di un salto y acabé en los brazos de Pirat-Ruk.

—**¡BIENVENIDOS!** —dijo entonces el jefe, ¡¡¡abrazándome con muchísima fuerza!!!

—*Ejem,* gracias, Barba-Ruk… —le respondí yo.

—**EHEM, EHEM, EHEM…** *¡Capitán* Barba-Ruk, querrás decir!

—Ah… **S-SÍ**, claro… ¡Capitán Barba-Ruk!

¡Por mil fósiles fosilizados, mejor no contrariarlo! ¡¡¡Aunque fuese nuestro amigo, ante todo era un **CAPITÁN PIRATA**!!!

BARBA-RUK
CAPITÁN DE LAS ISLAS PIRATRUCIAS

NOMBRE: CAPITÁN
BARBA-RUK

OCUPACIÓN:
JEFE DE LAS
PREHISTORRATAS
PIRATAS

RASGOS
PARTICULARES:
TONO DE VOZ
ALTÍSIMO,
POTENTÍSIMO
Y AGUDÍSIMO.

AFICIONES: JARDINERÍA, COCINA, GANCHILLO
(¡BAJO SU FACHADA DE PIRATA, SE OCULTA
UN RATÓN MUY CASERO!)

LA ISLA DE LAS PREHISTORRATAS PIRATAS

El poblado de las Prehistorratas Piratas no estaba lejos de la PLAYA. Para llegar hasta allí, montamos a lomos de cuatro dinosaurios de paseo, gracias a los cuales pudimos disfrutar de una superratónica excursión panorámica. La isla era encantadora. Había palmeras cargadas de dátiles prehistóricos, coLINAs cubiertas de arbustos de moras jurásicas, y SOPLABA una agradable brisa procedente del mar.

En la cima de la colina más alta, ONDEABA la bandera de las Prehistorratas Piratas.

78

Montados en los dinosaurios, atravesamos una llanura repleta de **ROCAS** muy, muy alargadas y muy, muy grandes.

—Son los **«MONUMENTOS»** de las antiguas Prehistorratas Piratas —gritó **BARBA-RUK**.

—¿Y éstos? —pregunté, mientras bajaba de mi dinosaurio.

—Son **MENHIRES**...* ¡tan viejos como esta isla! —me respondió, siempre gritando.

Su voz era tan potente que resquebrajó un trozo de menhir, que me fue a parar directo a la cocorota.

¡PAM!

¡¡¡Ayyyy!!!

*Nota prehistorratónica: el menhir es una especie de monumento prehistórico formado por una sola piedra plantada en el suelo.

¡QUÉ DOLOR TAN PALEOLÍTICO!

Pirat-Ruk aplaudió:

—¡Eres afortunado, Geronimo! ¡El menhir más grande de las Prehistorratas Piratas te ha dado la **BIENVENIDA** a la isla!

¡Vaya, qué suerte!

Después **PASAMOS** entre dos hileras de estatuas gigantescas.

—¡Éstos son mis antepasados, los capitanes de la dinastía de las Prehistorratas Piratas! —chilló una vez más el capitán Barba-Ruk.

Iba a acercarme para observarlas mejor, pero tropecé con una piedra y me estrellé contra una de las estatuas.

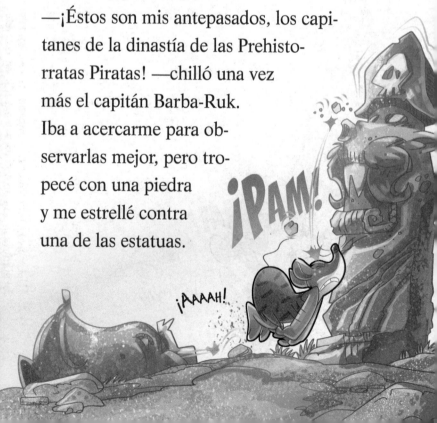

¡PAM!

¡AAAAH!

¡AYYY! ¡AYYY!

—¿Qué tal, os gusta nuestra isla? —preguntó Pirat-Ruk, sonriente.

—Bueno, a decir verdad… —respondí, frotándome los chichones—, ¡¡¡esta EXCURSIÓN panorámica me está provocando un fuerte dolor de cabeza!!!

El rostro de Pirat-Ruk se iluminó:

—¡¡¡Oh, yo tengo un remedio *infalible* contra el dolor de cabeza!!! Amigos, ¡hagamos una carrera con los dinosaurios de paseo!

Antes de que pudiera decir NI PÍO, Pirat-Ruk ya me había hecho montar de nuevo a mi dinosaurio y había azuzado al resto, que partieron rápidos como flechas en dirección al poblado.

Tea, Trampita y Benjamín estaban entusiasmados, mientras que a mí… ¡¡¡a mí me *zumbaban zumbaban zumbaban zumbaban* los bigotes del canguelo!!!

—¡¡¡Nooo!!! ¡Prefería el dolor de cabezaaa!

—Cuando *(por fin)* llegamos al poblado de Pirat-Ruk, los dinosaurios frenaron en seco.

¡SKREEEEEEEEEK!

Todas las Prehistorratas Piratas salieron de sus cabañas para saludar a PIRAT-RUK.

—¿Cuándo has regresado? ¿¿Qué has traído?? ¿¡¿Dónde has dejado el botín?!? —preguntaban todas al unísono.

—Queridos amigos PIRATAS, el botín más valioso… ¡¡¡son mis nuevos amigos!!! —dijo Pirat-Ruk, señalándonos.

Después, nuestro amigo nos ENSEÑÓ la despensa del poblado.

¡Por mil tibias de tricerratón, allí había una auténtica MONTAÑA de alimentos: quesos jurásicos, muslámenes ahumados, verduras paleozoicas, fruta escarchada y un sinfín de otras delicias!

84

Y puesto que **todos** los habitantes contribuían a reabastecerla a diario, en cualquier momento cada uno de ellos podía **LLEVARSE** lo que necesitase…

Así fue como las Prehistorratas Piratas prepararon un BANQUETE en nuestro honor. Y después hubo baile, mientras Trampita cantaba acompañándose con la mandolina:

—CON MIS NUEVOS AMIGOS ME DIVIERTO Y NO ME ESTRESO... ¡EN ESTE OPÍPARO BANQUETE TODO ESTÁ DE RECHUPETE, DESDE EL PASTEL HASTA EL QUESO!

CLAP CLAP ¡MUY BIEN! CLAP CLAP CLAP

Incluso el **SEVERO** Barba-Ruk se lanzó a saltar y bailar. Al final, todos acabamos durmiendo como **TRONCOS**. ¡Y la música dio paso a un concierto de ronquidos!

¡ROOONF, ROOONF, ROOONF!

¡AL LADRÓN! ¡¡¡AL LADRÓN!!!

A la mañana siguiente, el sol ya estaba alto cuando unos gritos prehistóricos nos despertaron.

—¡Al ladrôôôn!

—¡¡Han desvalijado la despensa del poblado!!

—¡¡¡Faltan **VEINTE** muslámenes, **CUARENTA** quesos de oveja jurásica y **OCHENTA Y OCHO** albóndigas a la corsaria!!!

Tea, Benjamín y yo **SALiMOS** de las cabañas veloces como meteoritos.

—¡La despensa está vacía! —nos dijo Pirat-Ruk—. ¡Alguien ha robado las provisiones!

Las **PREHISTORRATAS PIRATAS** deambulaban entre todas las tiendas en busca de algún rastro, pero en el suelo no se veían **HUELLAS**.

—Mmmm… aquí no hay nada… —observé—. Sólo unos trocitos de queso de oveja y… ¡bueno, piedras, piedras y más piedras!

El capitán Barba-Ruk se revolvió.

—**¿¿¿QUÉ HAS DICHO???** —gritó con su potente vozarrón.

Yo me hice pequeño, pequeño, pequeño y **respondí:**

—Ejem… ejem… he dicho que no hay nada…

—**¡¡¡NO!!! DESPUÉS… ¿¿QUÉ HAS DICHO DESPUÉS?!?**

—Mmmm… ¡¿después de qué?! Yo… he dicho que sólo hay piedras…

—¡¡¡NO!!! ANTES... ¿¡¿QUÉ HAS DICHO ANTES?!?

¡Por mil pedruscos despedregados, vaya tono!

Así que yo también me puse a chillar:

—¡HE DICHO QUE EN EL SUELO SÓLO HE VISTO PEDACITOS DE QUESO DE OVEJAAA!

El capitán Barba-Ruk me asestó un codazo, que por poco me hizo perder el equilibrio.

—¡BRAVO! ¡¡HAS DADO CON UNA PISTA!! ¡¡¡SIGÁMOSLA!!!

Los trocitos de queso formaban una línea
en zigzag. **¡QUÉ RARO!**
Era como si el ladrón hubiera ido desmenuzando
el botín sin preocuparse de dejar rastros.
¡¡MUY EXTRAÑO!!
Llegó un punto en que el rastro se
interrumpía… ¡justo delante de la
mesa de Trampita!
¡¡¡EXTRAÑÍSIMO!!!
Pero eso no era todo.
Trampita seguía
durmiendo, y a su
lado había dos pe-
dazos de queso de
oveja.
**—¡AQUÍ TENEMOS
AL LADRÓN!**
—gritó el capi-
tán Barba-Ruk.

—*Mmmmmm... Dejadme cinco minutos más...* —masculló Trampita, volviéndose del otro lado.

Benjamín suspiró. Cuando el tío Trampita estaba así de **DORMIDO** no había forma de despertarlo, a menos que…

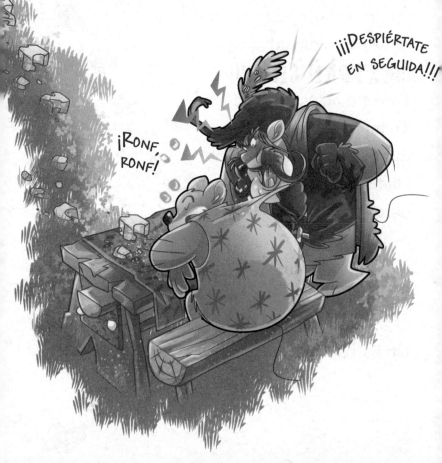

Entonces mi sobrino le pasó a Trampita un pedazo APESTOSÍSIMO de queso de oveja añejo por el hocico, y él se despertó al instante, devorando el queso con una SONRISA.

—Oh, muchas gracias, Benjamín… ¡Eh, buenos días! —añadió, mientras se desperezaba—. ¿Habéis dormido bien…?

—¡¿Y AÚN TE ATREVES A SALUDAR?!

—le espetó Barba-Ruk.

Trampita se volvió hacia Pirat-Ruk y dijo:

—Ufff, vaya carácter tiene tu abuelo…

PIRAT-RUK negó con la cabeza:

—¿Es que no lo entiendes? ¡El abuelo cree que has robado nuestras provisiones!

—¡¡¡Eeeh?!? —se sobresaltó Trampita.

Tea le explicó lo sucedido y él se puso pálido, pálido, pálido como una mozzarella paleozoica.

—Pero… ¿¡¿qué estáis diciendo?!?

—exclamó—. ¡¡Yo dormía, roncaba… soñaba!!

¡¡¡Seguro que no he podido **ROBAR** las provisiones mientras dormía!!!

—¡El tío Trampita es inocente! —dijo Benjamín, en su defensa—. ¡Puede que a veces sea glotón, pero no es un ladrón!

—Tiene que tratarse de un grave error —argumentó Tea.

Pero el capitán Barba-Ruk negó con la cabeza y replicó:

—¡TENEMOS PRUEBAS! ¡¡CREÍAMOS QUE ERA UN AMIGO, PERO EN REALIDAD ES UN FARSANTE!!

¡¡¡POR CONSIGUIENTE, SERÁ ENCARCELADO!!!

Y así, Trampita fue ATADO como un salchi-
chón jurásico y trasladado a una celda.

POR MIL FÓSILES FOSILIZADOS,
¿¿¿Y AHORA, QUÉ???

¡RESISTE, TRAMPITA!

Mientras se lo llevaban ATADO, Trampita me lanzó una mirada implorante.

¡Por mil huesecillos descarnados, nunca lo había VISTO tan abatido!

—¡Querido Geronimito, primito, haz alguna cosa! Pero ¡convéncelos de que soy inocente! —exclamó.

—¡No TEMAS, Trampita! ¡¡¡Déjalo de mi cuenta!!!

Fui a ver al capitán Barba-Ruk, me armé de valor y le dije de un TIRÓN:

—¡Mi primo tiene razón! ¡¡¡Él es un roedor muy honesto, no es un ladrón, no puede haber sido él!!!

—¡¡¡LAS PRUEBAS HABLAN CLARO, GERONIMO STILTONUT!!!

—replicó él.

¡Por mil fósiles fosilizados, el jefe de las PREHIS-TORRATAS PIRATAS estaba segurísimo!

—¡Tu primo permanecerá en la celda! —sentenció—. Como castigo, tendrá que trabajar de pinche en las CO-CINAS del poblado. Lo pondremos a dieta... ¡SÓLO PODRÁ TOMAR AGUA Y PAN DURO!

Cuando oyó esas palabras, Trampita se desmayó. ¡¿Agua y pan duro?! ¿¡¿Él, que tenía el apetito de un T-Rex en ayunas?!?

—¡Esto no puede quedar así! —protestó Tea—. ¡Estoy segura de que Trampita es **inocente**!

97

—¡Estoy totalmente de acuerdo contigo! —dijo Pirat-Ruk—. PERO ¿QUIÉN PUEDE HABER SIDO?

¡Ayer estábamos todos en la fiesta, y después nos fuimos a dormir!

Me puse a pensar, como habría hecho Metomentodo, mi amigo el investigador. ¡Ah, si él hubiese estado allí, nos habría sacado del problema en un PERIQUETE!

—Quizá alguien *ha fingido* que dormía... —sugerí.

—O alguien ha desembarcado en la isla durante la **NOCHE** y ha cometido el robo... —dijo mi sobrino Benjamín.

—¡Pues claro! —dijo Tea.

Luego, me cogió del brazo y me arrastró hacia la playa.

Benjamín y Pirat-Ruk nos SIGUIERON y, para nuestra sorpresa, a la salida del poblado nos encontramos a **BABOSÍN**, el manatisaurio guardián de las Islas Piratrucias.

El sendero que conducía al ᗰᗩᖇ era empinado, pedregoso y terriblemente ¡¡¡ABRASADOR!!!

A cada paso que dábamos, nuestras patas se hundían… ay… en la arena CALIENTE, CALENTÍSIMA, HIRVIENTE Y ARDIENTE… ¡AYAYAYAYAYAY!

¡ARF… ARF!

Pero quien más parecía sufrir era Babosín, arrastrándose con la lengua fuera. De repente, se detuvo y se TENDIÓ boca arriba en el camino.

—Oh-oh… ¡BABOSÍN ya no puede con su alma! —dije yo.

Pero me equivocaba porque al cabo de un instante Babosín empezó a **RODAR** en dirección al mar… ¡a una velocidad superratónica!

—**¡TENGO UNA IDEA!** —dijo Pirat-Ruk.

Arrancó una robusta hoja de palmera. Se sentó encima y empezó a deslizarse **SENDERO** abajo.

Un momento… ¿¿¿No pretenderían que yo hiciera lo mismo, **VERDAD**???

—¡Ven, tiíto Ger! —me propuso Benjamín—. ¡Bajemos **JUNTOS**, así llegaremos antes! Acomodé mi trasero en aquel PEDAZO DE HOJA, detrás de Benjamín, y al momento…

¡FIUUUUUUUUUUUUUU!

¡Salimos disparados hacia la playa!

NINGUNO de nosotros sabía cómo frenar… pero, mientras Babosín remataba su descenso con un chapuzón, nosotros nos quedamos **CLAVADOS** en medio de la arena como ermitañosaurios…

¡AYYYY!

Cuando por fin Tea subió a bordo del Berenjena Tercero…

—¡La despensa está más vacía que antes! —exclamó—. Y el puente está lleno de restos de comida… ¡huesos de muslamen mondados, cortezas de queso, y albóndigas *MORDISQUEADAS*!

—Entonces ¡el tío Trampita tenía razón! —dijo Benjamín—. ¿Os acordáis? Pensábamos que durante el viaje había saqueado la despensa del Berenjena Tercero. **CUANDO EN REALI-DAD...**

—... ¡¡¡alguien debió subir a bordo a hurtadillas!!! —remató Tea.

—Pero ¿quién puede ser? —preguntó Pirat-Ruk. El **MISTERIO** se estaba volviendo cada vez más complicado, pero se me ocurrió una idea superratónica para resolverlo. Después de todo, ¡¿soy o no soy el **periodista** más brillante de la prehistoria?!

¡¡¡VAYA IDEA!!!

¡UNA TRAMPA PREHISTÓRICA!

A última hora de la tarde, Pirat-Ruk fue a ver a su abuelo, el capitán Barba-Ruk, y le dijo que nuestras INVESTIGACIONES no habían dado ningún fruto. De modo que tirábamos la toalla: ¡Trampita era el CULPABLE!

El jefe de las Prehistorratas decidió organizar un banquete para celebrar que el caso se había CERRADO, recurriendo a las provisiones de emergencia del poblado.

Todos los piratas del poblado se pusieron muy contentos:

—¡Viva! ¡Por fin un poco de fiesta!

1 El pobre Trampita, que apenas había acabado de LAVAR todos los platos, todas las escudillas y todas las ollas del banquete del día anterior, fue obligado a

2 BARRER a fondo todo el poblado, preparar

MMM... las mesas y **3**

abrillantar los sables de todas las PREHISTORRA-TAS PIRATAS.

Al cabo de un buen rato, finalmente, conseguí hablar con él poco antes de

que empezase el BANQUETE.

—¿¡¿Qué sucede?!?

—musitó él—.

Hoy he trabajado más que en toda

la última era geológica... **¡YA NO PUEDO MÁS!**

—Lo sabemos, lo sabemos, pero... ¡estamos tratando de liberarte! —lo tranquilicé—. ¡¡¡Ten confianza, el plan **FUNCIONARÁ**!!!

—¡¿Confianza?! ¡Por ahora, sólo tengo HAMBRE! ¡¡¡Tenéis que liberarme!!!

—¡Ánimo! —le dije—. ¡Resiste un poco más!

El banquete duró hasta bien **ENTRADA LA NOCHE**. Sin embargo, esta vez Tea, Benjamín, Pirat-Ruk y yo nos mantuvimos a cierta distancia, cerca de la celda donde tenían **ENCERRADO** a Trampita.

Y cuando todos se durmieron, fingimos que estábamos roncando, aunque en realidad **VIGILÁBAMOS** la despensa donde aún seguían las provisiones de reserva.

De pronto, distinguimos dos **SILUETAS** oscuras. ¡Y no eran dos **SILUETAS** cualesquiera!

Aquéllas tenían toda la pinta de pertenecer a…
¡¡¡dos tigres de dientes de sable!!!
Entonces recordé que la noche antes de partir
de Petrópolis vi a unos tigres en la **TABER-
NA DEL DIENTE CARIADO...**
¡Ahora todo encajaba!
¡Durante días y días habíamos
llevado **PESCADOS**
a aquellos malditos
felinos, ocultos en
la bodega del Be-
renjena Tercero!
Sólo de pensarlo,
me entraba tal
canguelo que se
me **ERIZABA**
el pelaje…
Por fin, cuando los
tigres se colaron

en la despensa de las Prehistorratas Piratas, nos colocamos tras la puerta, listos para sorprenderlos con una TEMPESTAD de cocos.

Y en cuanto los felinos salieron…

¡BONC! ¡BONC! ¡BONC!

… ¡¡¡acabaron llenos de chichones, desde la punta de los bigotes hasta la punta de la cola!!!

Ese JALEO megalítico despertó a Barba-Ruk y al resto de Prehistorratas Piratas, que se plantaron al instante frente a la despensa.

—¿¿¿QUÉ ESTÁ PASANDO AQUÍ???

—gritó el capitán Barba-Ruk.

Pero en cuanto las Prehistorratas Piratas vieron a los tigres de dientes de SABLE, se quedaron paralizadas de terror. Y los tigres aprovecharon para pasar al CONTRAATAQUE. Rugieron, gruñeron, nos amenazaron con sus colmillos y sus garras…

—¡GRRRRRRR, os haremos picadillo!

—¡MIIIAUUU! ¡¡¡Os serviremos en escabeche con una guarnición de cebolletas jurásicas!!!

¡¡¡Brrr… qué CANGUELO FELINO!!!

A pesar de su aspecto rudo y temerario, todas las Prehistorratas Piratas habían empezado a TEMBLAR como flanes de queso prehistórico. Todas salvo **BARBA-RUK**, naturalmente, que parecía la mar de tranquilo.

—GRRRRRR… GRRRRRRRR —le gruñó el primer tigre en su misma cara.

Pero Barba-Ruk se encogió de hombros.

—Ncht, ncht, ncht… ¿eso es todo?

—**¡GRRRRRRRRRR!** —rugió entonces el segundo.

Pero Barba-Ruk se limitó a bostezar:

—¡¡¡Uuuuau!!!

Y a continuación se llevó los dedos a la boca y silbó:

—¡¡¡FIIIIIIIIUUUUUU!!!

Al instante la tierra empezó a temblar, y desde la playa llegó nada menos que… **¡BABOSÍN**, el manatisaurio guardián de las Islas Piratrucias! ¡Al ver que sus amigos estaban en **PELIGRO**, se lanzó sobre los tigres, los tiró al suelo y los **INMOVILIZÓ** bajo el peso de sus aletas!

—Déjanos… —gritaron los tigres, que ya no se mostraban tan **VALIENTES** como momen-

.tos antes.

¡ÑAM… ÑAM!

—¿¡¿Dejaros?!? —les espeté, con todo el valor de que fui capaz—. ¡¡¡De eso nada!!! Si no queréis ser **DEVORADOS** como muslámenes paleozoicos, ya nos estáis *diciendo la verdad* ahora mismo.

El **CORAZÓN** me latía como un tambor y la cola me **TEMBLABA** del canguelo, pero ¡¡¡lo más importante era salvar a Trampita!!!

—¡¿La verdad?! ¿¿¿Qué verdad??? ¡No hemos hecho *(casi)* nada! —maulló uno de los tigres.

—¿Nos habéis seguido desde **Petrópolis**? —preguntó Tea.

—**¡NO, NO Y NO!** ¡De ninguna de las maneras!

—¡Muy bien! Entonces… ¡que aproveche, Babosín! —dijo Pirat-Ruk.

En cuanto vieron los **COLMILLOS** de nuestro amigo, los tigres decidieron hablar.

—Estábamos en Petrópolis porque Tiger Khan quería raptar a Pirat-Ruk… —dijo el primero.

—… ¡y exigir por él un *tesoro* a las Prehistorratas Piratas! —dijo el segundo.

—Pero el ratón rellenito nos vio en la taberna…
¡y para que no nos descubrieran, nos arrojamos
al agua!

—¡Y ESO QUE NOSOTROS ODIAMOS EL AGUA! —precisaron los dos tigres al uní-
sono—. ¡Y entonces nos ocultamos en vuestro
BARCO!

—¿Así que fuisteis vosotros quienes robasteis
todas nuestras provisiones… y las del poblado?
—pregunté.

—SÍ… SÍ… ¡FUIMOS NOSOTROS!

Tras oír las palabras de los tigres, el capitán Barba-Ruk corrió hacia donde se hallaba Trampita.

—¡ERES LIBRE! ¡LAS PREHISTORRATAS PIRA-
TAS TE PEDIMOS DISCULPAS! —dijo a gritos,

y añadió—: ¡Dispongo que se organice un gran
banquete para celebrar tu liberación!

Pero ¿cómo?... ¿¡¿otro banquete?!? ¡No habíamos celebrado tantas fiestas, ni para el cumplea-
ños de la abuela Torcuata!

Mientras las **PREHISTORRATAS
PIRATAS** aplaudían, los tigres se libra-
ron de **BABOSÍN**. Pero no tuvieron tiempo
de bajar la colina, pues nuestro amigo les propi-
nó un golpe de aleta tan potente que los hizo
VOLAR directos… ¡hasta el mar!

Benjamín, Tea y yo llevamos al manatisaurio en
hombros.

¡¡¡Se había portado
como un auténtico
héroe!!!

¡ARF…
ARF!

¡¡¡MUY
BIEN!!!

¡ADIÓS, AMIGOS!

Con la ayuda de Pirat-Ruk y las Prehistorratas Piratas, REPARAMOS el Berenjena Tercero y nos dispusimos a regresar a casa.

Nuestros amigos llenaron la **GAMBUZA*** con toda clase de provisiones, incluidas las famosísimas «albóndigas a la corsaria» de las Islas Piratrucias.

Gracias a las ENSEÑANZAS de Pirat-Ruk, ya sabíamos maniobrar una embarcación, así que Tea se puso al timón, Benjamín y yo SUBIMOS al mástil para desplegar las velas y, por último, Trampita se ocupó de volver a poner orden en los nuevos camarotes y, muy especialmente... *ejem,* **SE APRESURÓ** a comprobar que en la despensa **TODO** estuviera en su sitio. Finalmente, Pirat-Ruk y su abuelo Barba-Ruk subieron a bordo para despedirse.

—LAS PREHISTORRATAS PIRATAS NOS SENTIMOS MUY HONRADAS DE HABEROS CONOCIDO, ¡AMIGOS!

—gritó, mejor dicho, bramó, el capitán—. **¡ESPERAMOS VOLVER A VEROS PRONTO!**

Todas las Prehistorratas Piratas nos vitorearon desde la orilla mientras él me abrazaba con fuerza, qué digo, con muchísima fuerza, haciéndome crujir todos los **HUESECILLOS**, uno por uno.

Después llegó el turno de Pirat-Ruk.

Con los ojos brillantes, nuestro amigo nos abrazó y luego nos entregó un **COFRE** lleno de conchezuelas, perlas gigantes, esmeraldas jurásicas y otras fabulosas joyas propias de piratas.

¡Por mil pedruscos despedregados, qué sorpresa tan SUPERRATÓNICA! ¡¡¡Si lo llegan a ver los tigres de dientes de sable, seguro que se arrancan los bigotes de envidia!!!

—GRACIAS, AMIGO MÍO —murmuré emocionado—. ¡Te echaré de menos!

—Pero ¡volveremos a vernos! —me respondió él, guiñándome un OJO—. Una Prehistorrata Pirata siempre está dispuesta a partir... ¡y mi abuelo Barba-Ruk acaba de nombrarme EXPLORADOR experto! ¡¡¡Así que nos VEREMOS muy pronto!!!

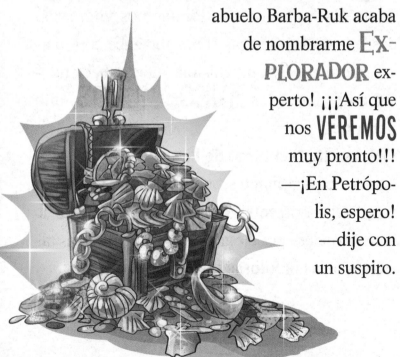

—¡En Petrópolis, espero! —dije con un suspiro.

Y es que, tras aquella **AVENTURA**, sentía un gran deseo de regresar a casa.

—¡¡¡Puedes estar seguro de que iré!!! ¡No todos los días se encuentran **amigos** tan especiales como vosotros!

Luego Pirat-Ruk y Barba-Ruk volvieron a su chalupa y **BABOSÍN** nos ayudó a conducir la nave hasta mar abierto, mientras las Prehistorratas Piratas nos despedían felices desde la PLAYA. Después Tea maniobró el timón, las velas se inflaron y nos alejamos entre las olas rumbo a Petrópolis…

—¿Sabéis una cosa? —dijo Trampita—. ¡Lamento sinceramente que se hayan terminado estas vacaciones!

—*¡Di la verdad, tío Trampita!* —le respondió Benjamín—. ¡Tú quisieras quedarte aquí sólo para darte otro atracón de deliciosas albóndigas a la corsaria!

Trampita se SONROJÓ.

—Ejem, esto… la verdad, yo, sabéis…

—Tranquilo, Trampita, ya VERÁS como el regreso no estará tan mal… —dije, para animarlo—. ¡La Taberna del Diente Cariado te espera!

—¡Y, además, en este viaje hemos aprendido muchísimas cosas! —añadió Tea.

Trampita SONRIÓ.

—¡Eso es verdad! ¡En efecto, ahora que lo dices, podría convertirme en cantante prehistórico!

Dicho esto, sacó la MANDOLINA y empezó a tocarla con ganas:

—¡MECIDO POR LAS OLAS DEL MAR,
SÓLO PIENSO EN REGRESAR!
MI BARCO VA VIENTO EN POPA,
Y CUANDO VUELVA A MI HOGAR…
¡ME ESPERA UN PLATO DE SOPA!

¡Por mil fósiles fosilizados, qué escándalo!

Me tapé los oídos y suspiré.

Casi, casi eran mejor los **TIGRES** de dientes de sable que la música desafinadísima de mi primo Trampita…

ÍNDICE

Geronimo Stilton

**Marca en la casilla correspondiente los títulos
que tienes de todas las colecciones de Geronimo Stilton:**

Colección Geronimo Stilton

Libros especiales

- [ ] En el Reino de la Fantasía
- [ ] Regreso al Reino de la Fantasía
- [ ] Tercer viaje al Reino de la Fantasía
- [ ] Cuarto viaje al Reino de la Fantasía
- [ ] Quinto viaje al Reino de la Fantasía
- [ ] Sexto viaje al Reino de la Fantasía
- [ ] Séptimo viaje al Reino de la Fantasía
- [ ] Octavo viaje al Reino de la Fantasía
- [ ] Rescate en el Reino de la Fantasía
- [ ] Viaje en el Tiempo
- [ ] Viaje en el Tiempo 2
- [ ] Viaje en el Tiempo 3
- [ ] Viaje en el Tiempo 4
- [ ] Viaje en el Tiempo 5
- [ ] La gran invasión de Ratonia
- [ ] El secreto del valor
- [ ] El Gran Libro del Reino de la Fantasía

Grandes historias

- [ ] La isla del tesoro
- [ ] La vuelta al mundo en 80 días
- [ ] Las aventuras de Ulises
- [ ] Mujercitas
- [ ] El libro de la selva
- [ ] Robin Hood
- [ ] La llamada de la Selva
- [ ] Las aventuras del rey Arturo
- [ ] Los tres mosqueteros
- [ ] Tom Sawyer
- [ ] Los mejores cuentos de los hermanos Grimm
- [ ] Peter Pan
- [ ] Las aventuras de Marco Polo
- [ ] Los viajes de Gulliver
- [ ] El misterio de Frankenstein
- [ ] Alicia en el País de las Maravillas
- [ ] Sandokan. Los tigres de Mompracem
- [ ] Veinte mil leguas de viaje submarino

Tenebrosa Tenebrax

- [ ] 1. Trece fantasmas para Tenebrosa
- [ ] 2. El misterio del castillo de la calavera
- [ ] 3. El tesoro del pirata fantasma
- [ ] 4. ¡Salvemos al vampiro!
- [ ] 5. El rap del miedo
- [ ] 6. Una maleta llena de fantasmas
- [ ] 7. Escalofríos en la montaña rusa

Los prehistorratones

- [ ] 1. ¡Quita las zarpas de la piedra de fuego!
- [ ] 2. ¡Vigilad las colas, caen meteoritos!
- [ ] 3. ¡Por mil mamuts, se me congela la cola!
- [ ] 4. ¡Estás de lava hasta el cuello, Stiltonout!
- [ ] 5. ¡Se me ha roto el trotosaurio!
- [ ] 6. ¡Por mil huesecillos, cómo pesa el brontosaurio!
- [ ] 7. ¡Dinosaurio dormilón no atrapa ratón!
- [ ] 8. ¡Tremendosaurios a la carga!
- [ ] 9. Muerdosaurio en el mar... ¡tesoro por rescatar!
- [ ] 10. ¡Llueven malas noticias, Stiltonut!
- [ ] 11. ¡En busca de la ostra megalítica!
- [ ] 12. ¡Pulposauriaglotona... peligra mi cola ratona!

Tea Stilton

- [ ] 1. El código del dragón
- [ ] 2. La montaña parlante
- [ ] 3. La ciudad secreta
- [ ] 4. Misterio en París
- [ ] 5. El barco fantasma
- [ ] 6. Aventura en Nueva York
- [ ] 7. El tesoro de hielo
- [ ] 8. Náufragos de las estrellas
- [ ] 9. El secreto del castillo escocés
- [ ] 10. El misterio de la muñeca desaparecida
- [ ] 11. En busca del escarabajo azul
- [ ] 12. La esmeralda del príncipe indio
- [ ] 13. Misterio en el Orient Express
- [ ] 14. Misterio entre bambalinas
- [ ] 15. La leyenda de las flores de fuego
- [ ] 16. Misión flamenco
- [ ] 17. Cinco amigas y un león
- [ ] 18. Tras la pista del tulipán negro
- [ ] 19. Una cascada de chocolate
- [ ] 20. Los secretos del Olimpo
- [ ] 21. Amor en la corte de los zares

Queridos amigos y amigas roedores,
las aventuras de los prehistorratones continúan:
¡no os perdáis el próximo libro!